ÉTUDES FRANÇAISES
fondées sur l'initiative de la
Société des Professeurs français en Amérique

PREMIER CAHIER

GUSTAVE LANSON

Méthodes de l'Histoire Littéraire

1er Janvier 1925

Société d'Édition " LES BELLES LETTRES "
95, Boulevard Raspail
PARIS

ÉTUDES FRANÇAISES
fondées sur l'initiative de la
Société des Professeurs français en Amérique

PREMIER CAHIER

GUSTAVE LANSON

Méthodes de l'Histoire Littéraire

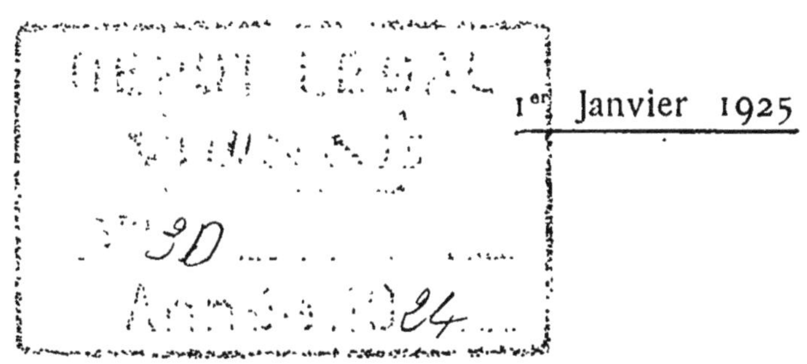

1er Janvier 1925

Société d'Édition " LES BELLES LETTRES "
95, Boulevard Raspail
PARIS

Centre de rédaction de Paris

Linguistique : J. Vendryès, Professeur à l'Université de Paris.
Littérature : Paul Hazard, Professeur à l'Université de Paris
Civilisation : A. Demangeon, Professeur à l'Université de Paris.

Centres de rédaction des États-Unis

Les centres de rédaction des États-Unis ne seront défitivement constitués qu'après le congrès annuel de la « *Modern Language Association* ».

Trésoriers

Pour l'Amérique du Nord :

Melvin E. Bassett
Princeton University
Princeton, New Jersey
U. S. A.

Pour l'Europe :

Marcel Morize
Morgan, Harjes et Cie
14, place Vendôme
Paris (Ier) France

Secrétariat

Secrétaire général :

Jean Bonnerot
Rue de Cluny, 3
Paris (V[e]), France

Secrétariat pour l'Amérique du Sud :

Henri Dupont
Hunter College of the City of New-York, 68th Street and Park Avenue, New-York City, U.S.A.

— —

L'Association des « Études Françaises »

A ÉTÉ CONSTITUÉE

à l'occasion du vingtième anniversaire

DE LA FONDATION

de la Société des Professeurs Français en Amérique

8 octobre 1904

Le Premier cahier des « Études Françaises »
est dédié à la mémoire de :

Louis DELAMARRE, *du Collège de la Ville de New-York*	† 1918
Camille FONTAINE, *de l'École Supérieure de Commerce*	† 1923
Auguste GEORGE, *de l'École Supérieure Wadleigh*, Président	† 1921
Paul JEANNIN, *de l'École Supérieure de Commerce*	† 1906
Jean LE BARS, *du Collège de la Ville de New-York*	† 1906
Edmond LE MAIRE, *de l'École Morse et Roger*	† 1914
Paul DE MONTHULÉ, *du Collège Manhattan*, Trésorier	† 1918
Jean PELLERIN, *du Collège de la Ville de New-York*	† 1905

A NOS LECTEURS

La publication « *Études Françaises* » n'est pas, à proprement parler, une revue, mais une série de « cahiers », qui permettront un échange de vues et d'informations entre les linguistes, les historiens et les professeurs de langue, de littérature et de civilisation françaises de tous les pays ; ils s'imprimeront en français parce que le français est nécessairement la langue que peuvent lire et écrire tous ceux qui s'occupent d'études françaises, sans distinction de nationalité.

Ils sont un appel à la camaraderie des divers ordres d'enseignement : ils se proposent, par la collaboration généreuse de l'enseignement supérieur, la pénétration de la vérité philologique ou historique à tous les degrés des études françaises. Ils n'ont aucune couleur religieuse, nationale ou pédagogique ; mais ils seront, aussi hardiment qu'impartialement, à la disposition des novateurs pour la poursuite de réformes universitaires ou scolaires qui intéressent la formation du jugement ou de l'esprit scientifique.

La publication est imprimée à ses propres frais : elle ne dépend donc d'aucun éditeur. L'élasticité de son mode de publication par « cahiers », à dates facultatives, lui permet de collaborer avec les revues existantes par l'impression en commun d'articles importants en vue de leur diffusion internationale. Elle a un Secrétariat à New-York et un à Paris, pour la préparation rapide et indépendante de fascicules soit en Europe soit en Amérique. Elle n'est américaine que par ses origines et française que de langue : elle est internationale et scientifique. Elle sollicite la formation spontanée de groupes de collaborateurs qui, sous leur responsabilité littéraire, prennent l'initiative de composer des « cahiers » utiles aux études françaises.

« Il n'y a pas de science nationale. La science est humaine. »

GUSTAVE LANSON (*Méthodes de l'Histoire littéraire*, page 36.)

ÉTUDES FRANÇAISES

Fondées sur l'initiative
de la Société des Professeurs français en Amérique

Premier Cahier — *1er Janvier 1925*

MÉTHODES DE L'HISTOIRE LITTÉRAIRE

PAR
GUSTAVE LANSON

Les articles et les conférences où M. Lanson a résumé les principes directeurs de ses travaux sont si introuvables que nous avons dû en faire copier le texte pour nous le procurer : les *Études Françaises* ne peuvent donc rendre un plus grand service, pour ouvrir la série de leurs Cahiers, que celui de mettre à la portée de leurs lecteurs un exposé des méthodes qui ont reçu le nom de « lansoniennes ».

Les *Études Françaises*, dans un sentiment de courtoisie internationale autant que par un scrupule d'exactitude scientifique, s'efforceront toujours d'obtenir que la pensée d'un savant, de quelque pays qu'il soit, arrive sans intermédiaire, par sa propre voix, seule autorisée à l'exprimer, jusqu'aux lecteurs de toutes nationalités. M. Lanson, avec son dévouement coutumier aux études françaises hors de France, s'est généreusement prêté à ce dessein : non seulement il a autorisé la réimpression, par les *Études Françaises*, d'articles ou conférences de lui, épuisés, dont le rapprochement offre une vue d'ensemble de ses méthodes, mais il a bien voulu les relire pour les compléter et pour noter à l'intention de nos lecteurs l'état présent de sa pensée.

La première partie de ce Cahier est une reproduction partielle de la leçon d'ouverture prononcée par M. Lanson en janvier 1904 comme successeur de Larroumet dans la chaire d'éloquence française. Des confidences sur sa propre formation d'esprit à propos de celle de son prédécesseur, esquissée elle-même d'après des traditions orales, un jugement aussi convaincant qu'inattendu sur le rôle de Larroumet dans le progrès de la critique scientifique, des impressions piquantes sur sa soutenance de thèse font de cette leçon d'ouverture un document aussi nécessaire que vivant pour l'histoire de l'érudition littéraire, de Sainte-Beuve à M. Lanson lui-même. La réimpression de ce fragment est comme une introduction historique à la partie centrale du Cahier.

Celle-ci, sous le titre : « *L'esprit scientifique et la méthode de l'histoire littéraire* », est la reproduction *in extenso* d'une conférence de M. Lanson à Bruxelles en 1909. Elle n'a paru que dans un numéro épuisé de la « Revue de l'Université de Bruxelles ». Elle occupe le centre de notre Cahier, comme le problème qu'elle traite occupe une place centrale non seulement dans toute philosophie de l'histoire littéraire mais dans toute philosophie des sciences historiques : ce n'est rien moins que le problème de la relation entre les méthodes des sciences naturelles et les méthodes des sciences sociales. M. Lanson a plus tard repris cette question dans un chapitre de l'ouvrage collectif : « De la méthode dans les sciences », publié sous la direction du mathématicien et physicien Emile Borel, mais outre que cet ouvrage est épuisé et rare, la conférence de Bruxelles reste l'expression à la fois la plus brève et la plus vivante de la pensée de M. Lanson sur ce sujet. Nulle part, à notre connaissance, ce problème, effleuré ou sous-entendu par tant d'historiens, n'a été mis au point avec autant de clarté, de force et de bonheur d'expression.

La troisième partie du Cahier : « *Quelques mots sur l'explication de textes* », représente le point d'arrivée des idées de M. Lanson sur l'explication française, dont le point de départ est dans les explications qu'il a publiées en 1892 dans le « Manuel général de l'instruction publique ». Cet article, écrit par M. Lanson pendant sa dernière visite aux États-Unis comme professeur échangé, a paru dans le *Bulletin de la Maison française de l'Université Columbia*, publication intime.

Nos lecteurs savent que dans les récentes éditions de son « Histoire de la littérature française » M. Lanson, plutôt que d'altérer par des retouches le premier jet de sa pensée, a nuancé par des notes au bas des pages ceux de ses jugements que le temps avait modifiés. Par le même scrupule, et le même respect des états successifs de toute idée, c'est également par des notes au bas des pages que M. Lanson a bien voulu indiquer à l'intention de nos lecteurs l'évolution de sa pensée sur certains points. Ces notes inédites, à la fois complément et garantie du texte réimprimé, font de ce Cahier, en même temps que la plus accessible des voies d'approche vers les idées directrices des méthodes « lansoniennes », un document original pour l'histoire de leur évolution.

(*Note de la Commission provisoire des « Études Françaises ».*)

I. — Leçon d'ouverture du Cours d'éloquence française

faite à l'Université de Paris le samedi 9 janvier 1904

(Extraits)

..... Je voudrais aujourd'hui, Messieurs, donnant congé à Voltaire, vous dire pourquoi je ne puis espérer de remplacer Larroumet qu'en le continuant; je voudrais, non pas par formalité ni pour satisfaire à une tradition de politesse universitaire, mais par un sentiment profond de sa valeur et de son rôle, vous entretenir de ce professeur à qui vous avez donné si longtemps, et jusqu'au bout, toutes vos sympathies. N'attendez pas de moi un portrait complet, une biographie détaillée de Gustave Larroumet : je n'en ai ni les moyens ni le temps. Cet esprit souple, étendu successivement vers tant d'objets divers, cette vie riche, où s'assemblent tant de formes ordinairement incompatibles de l'action, dépassent les limites de mon information actuelle et de ma compétence.

..... De Larroumet, je ne prendrai que ce que je puis bien juger, ce qui intéresse cette chaire : il y aura profit pour nous à regarder ce qu'il a fait pour nos études, comment il l'a fait, et par où il peut nous être un guide et un modèle. Je tâcherai, Messieurs, sans répudier cette sympathie que je déclarais tout à l'heure, de n'y pas trop céder, et de vous parler de Larroumet sans donner dans l'éloge funèbre, avec la simplicité, avec la vérité qu'il aimait : vous vous souvenez de quel sourire il accueillait les panégyriques indiscrets qu'on voulait lui présenter comme des essais de critique et d'histoire littéraire.

Larroumet s'est révélé à la Faculté des Lettres et au public, en décembre 1882, par sa thèse de doctorat : « Marivaux, sa vie et ses œuvres, avec deux portraits et deux fac-simile, in-8, pp. I-XI, 1-640. » Le succès fut grand, mais quelque étonnement s'y mêla. Une thèse de littérature française, si nous négligeons quelques exceptions de médiocre valeur ou de notoriété insuffisante, c'était alors, pour tout le monde, une étude de goût, une fine analyse ou une construction vigoureuse. Le plus modeste universitaire s'y essayait à l'art de Paradol ou à celui de Taine. L'essentiel était de manifester une originalité personnelle, de créer de l'esprit ou un système, et de se montrer avantageusement à l'occasion de son auteur. Larroumet s'effaçait. Et l'on sentait qu'il ne s'effaçait pas par impuissance, mais par méthode. Ce qu'il avait d'esprit, de goût, de talent, perçait, filtrait à travers les pages de son gros volume : il ne semblait appliqué qu'à le dérober, à le masquer, à en détourner l'attention. C'était de Marivaux, et non pas de lui-même, qu'il voulait donner la connaissance au public et à ses juges. Il avait rejeté toutes les idées générales extérieures à son sujet. Pas de philosophie de l'histoire littéraire; pas de loi universelle, prétendant expliquer la genèse des œuvres ; pas de système dont Marivaux fût employé à donner la démonstration. Rien qui allât au-delà de cet objet : Marivaux. En revanche, le plus héroïque et patient effort pour le faire connaître tout entier, dans tous ses ouvrages même secondaires, dans tous ses aspects même accessoires. Aucune des relations de l'œuvre et de l'auteur n'était négligée : biographie, origines intellectuelles, place dans l'histoire du roman, place dans l'histoire et la comédie, influence sur le roman anglais, rapport avec la peinture de Watteau ou de Chardin, rapports avec les divers mouvements des idées morales et littéraires au XVIIIe siècle.

Tout Marivaux donc était là, et le vrai Marivaux. Que Larroumet ait donné à son auteur un peu de cette sympathie complaisante à laquelle, quand on passe quatre ou cinq ans en tête à tête avec un écrivain, on n'échappe que par la haine et en concevant la passion de le démolir : c'est bien possible. Mais il a pris ses précautions contre lui-même comme contre les autres. On l'a dit, se défier de soi et d'autrui, c'est en deux mots tout l'esprit scientifique. Larroumet ne se satisfait pas de la méthode agréable qui consiste à lire une œuvre et à développer les impressions de sa lecture. Il prit la méthode, plus dure et plus lente, qui recueille tous les documents utiles pour illuminer des écrits, en déterminer le caractère, limiter et contrôler la réaction subjective du goût à leur contact. Documents littéraires : œuvres des prédécesseurs, contemporains et successeurs, mémoires, lettres, satires, journaux du XVIIIe siècle; documents non littéraires : papiers d'état civil, archives de la Comédie-Française, archives de la Comédie-Italienne au Nouvel Opéra, registres (alors inédits) de l'Académie Française, rien ne fut négligé dans cette investigation immense et minutieuse.

Mais ce n'était pas tout. Larroumet n'était pas le premier qui parlât de Marivaux. Qu'avaient trouvé, pensé, dit ceux qui en avaient parlé avant lui? Que pouvaient-ils fournir de fragments de vérité sur chaque point? Quelles images successives de Marivaux s'étaient faites toutes les générations du XVIIe et du XVIIIe siècle? Comment cet écrivain avait-il agi sur les esprits, et révélait-il sa qualité intime par son action? De là, dans le texte, et surtout dans les notes copieuses de la thèse, ces extraits et discussions d'un nombre infini d'études, de notices, d'articles de revue, d'articles de journaux où Marivaux était apprécié. Larroumet aimait mieux induire lentement de faits multiples, emboiter le pas tranquillement à des jugements antérieurs qu'il reconnaissait vrais, que de jeter des aperçus mal vérifiés, ou d'étaler des fantaisies brillantes. Il discutait régulièrement toutes les opinions, rejetant avec liberté ce qu'il avait des raisons de rejeter, content chaque fois qu'il pouvait constater la conformité de son sentiment personnel avec une tradition collective ou avec le sentiment d'un autre esprit individuel.

Tout cela faisait 640 pages in-8. Larroumet, ayant

conscience de ce qu'il y avait d'inusité dans son procédé, s'en excusait dans sa préface, et plaidait presque humblement la cause de sa méthode. Il eut à la défendre aussi dans la séance où neuf membres de la Falculté argumentèrent contre lui : ces soutenances de thèse, autrefois, duraient huit heures et plus ; le nouveau docteur en sortait glorieux parfois, toujours fourbu, souvent malade; c'étaient des jeux féroces. Donc, tout en rendant hommage à la science et au talent du candidat, la Faculté ne put s'empêcher de protester contre l'énormité du volume « qui paraît, dit le rapport, quelque peu disproportionné avec l'importance et la nature du sujet ».

Il y avait certainement un peu d'excès, dans les notes surtout. On remarquait malignement que Larroumet avait beaucoup cité les critiques vivants, des journalistes souvent sans autorité ni mérite littéraires. Je ne dis pas qu'il n'avait pas songé qu'il ferait plaisir à tel ou tel en les citant ; c'était comme des cartes de visite qu'il déposait chez les membres de la Presse, ses juges de demain, qui casseraient ou ratifieraient devant le grand public l'arrêt de la Faculté. Mais cette adresse était comme indiquée par sa méthode même. Et puis s'il citait avec politesse, il discutait sans complaisance. Il n'a fait pour le succès que ce que sa conscience d'historien autorisait. J'ai d'ailleurs remarqué que cette amabilité des citations l'avait suivi dans toute sa carrière : alors qu'il était arrivé, n'ayant besoin de personne, il aimait à citer des travaux secondaires d'inconnus, de jeunes gens, sans intérêt alors assurément, par souci d'exactitude et minutie d'information.

Mais, Messieurs, cette surabondance de notes mise à part, le reproche de la Faculté tombait à faux. Au fond, l'on reprochait à Larroumet que son étude ne ressemblait pas à son auteur : « Il a, disait quelqu'un, déposé un éléphant sur un papillon. » Ce mot révèle une conception purement esthétique de l'histoire littéraire : l'essai doit être l'image, la réduction, comme l'eau-forte de l'œuvre originale. La critique doit assortir jusqu'au format de son livre à la couleur esthétique de son auteur. Il faudra donner à Rubens l'in-folio, mais Watteau ne s'exprimera bien que par l'in-18. Les figurines de Myrrhina ou de Tanagra — choses légères et gracieuses — refusent l'érudition grave et les lourds volumes!

J'aime mieux la méthode de Larroumet, c'est tout simplement la méthode historique. La minutie de l'étude, le poids du livre ne sont pas des défauts dans une thèse de doctorat qui n'est pas pour les gens du monde. Là, la tâche de l'ouvrier est de fournir tous les faits, tous les matériaux, toutes les discussions, toutes les solutions utiles à la connaissance complète et précise du sujet. Là viendront s'alimenter les essais de vulgarisation, les articles des revues mondaines, dont le premier devoir est d'être légères, vives, agréables. Et la preuve que Larroumet n'a pas eu tort, c'est que depuis vingt ans que sa thèse a passé, on a continué d'écrire sur Marivaux; de bons articles, de jolis livres ont été faits. Quelques nuances, quelques impressions ont été apportées par la sensibilité artistique des écrivains. Rien d'essentiel, ni même d'important, n'a été ajouté : la recherche avait été complète et, autant qu'on peut s'aventurer à user du mot, définitive.

Donc Larroumet était dans la bonne voie : comment y était-il entré? Je l'ai demandé aux articles de ses dernières années où il a semé parfois des souvenirs de ses années d'épreuves et de formation. Je l'ai demandé aussi à l'un de ses intimes amis, le fidèle témoin et associé de ses premiers efforts, M. Jules Favre, docteur ès lettres et proviseur du Lycée Michelet. Voici ce que j'ai appris ou cru voir.

Fils de soldat, d'abord destiné à Saint-Cyr, Larroumet faisait ses études au Lycée de Cahors avec cette passivité résignée que notre enseignement secondaire classique a longtemps entretenue même chez les bons élèves, lorsqu'un jeune normalien, M. Loiret, vint donner une secousse soudaine aux curiosités endormies. Il révéla à ces petits Gascons Stendhal, Sainte-Beuve, Taine. Il leur donna le sentiment de la beauté littéraire et de la vertu morale qu'elle recèle souvent. « Il nous formait à la précision et à la simplicité; il nous donnait le goût du style net et franc, la haine de l'emphatique et du tortillé. » M. Loiret découvrit Larroumet et le révéla à lui-même : l'enfant sentit sa vocation littéraire, et tourna ses ambitions vers l'École Normale. Il ne s'y présenta jamais pourtant. La guerre interrompit sa préparation : le « potache » se fit dragon, franc-tireur, fut blessé et mérita la médaille militaire. Après, il fallait vivre. « J'ai été pion, disait-il plus tard, pion ou quelque chose d'approchant, et je n'en suis ni fier ni honteux. » Il nous a raconté comment il fut maître d'études au collège d'Aix, et en même temps étudiant à la Faculté des Lettres. Dans la vieille cité provençale, paisible et somnolente, rien de plus endormi que l'Université. Il y avait à la Faculté des Lettres cinq étudiants — dont quatre répétiteurs payés par l'État — et cinq professeurs. Le professeur de littérature latine cultivait ses oliviers à la campagne toute la semaine, et de temps à autre passait à la ville corriger des vers latins. Le professeur de philosophie herborisait, et entre deux courses enseignait Condillac. Le professeur d'histoire habitait Marseille, et le professeur de littérature française n'avait son domicile à Aix que parce qu'il séjournait la plupart du temps à Paris. Le joli « petit monde d'autrefois » ! Mais il y avait aussi à Aix un homme animé de l'esprit nouveau, un travailleur, un savant opiniâtre, méticuleux et méthodique, le philologue Eugène Benoist : il forma Larroumet en Provence, il le forma à Paris, où il le fit venir en 1874 ; pour achever ses études supérieures, Larroumet, de professeur qu'il était devenu dans l'enseignement spécial, se refit « pion » à Charlemagne.

Eugène Benoist fut le vrai maître de Larroumet, avec Sainte-Beuve. Car malgré son enthousiasme de collégien pour les rythmes larges et les sonorités cuivrées du style de Taine, Larroumet, dès qu'il réfléchit, se détourna de la philosophie systématique que construit la littérature, et préféra la souplesse désossée de Sainte-Beuve, le style à mille faces qui réfléchit tous les rapports des choses, la phrase au développement onduleux qui en dessine la mobilité vivante, l'information curieuse et l'induction aiguë qui ne substituent jamais des vues de l'esprit à l'observation du réel. Ce fut Sainte-Beuve, et non Taine, dont il se paya les œuvres complètes sur les 400 fr. de traitement annuel que gagnait un maître d'études du collège d'Aix.

Sainte-Beuve prévalut sur Eugène Benoist, qui voulait donner Larroumet à la philologie latine. Mais en répondant à l'appel de Sainte-Beuve, il retint de la forte discipline de Benoist une méthode impersonnelle et rigoureuse, le respect des textes et des faits, l'habitude de l'enquête patiente et scrupuleuse, la défiance de l'esprit brillant et de l'esprit de système. Sainte-Beuve lui donna la curiosité, une curiosité avertie des sujets et des questions ; Benoist, le procédé régulier, et la volonté de connaître par érudition et critique plutôt que par divination et flair.

De cette alliance de Benoist et de Sainte-Beuve en son esprit — l'un consolidant l'autre, et celui-ci élargissant celui-là — sortit la thèse sur Marivaux.

De là sa solidité; de là son autorité et l'utile influence qu'elle exerça. Je me souviens qu'elle me séduisit par là. Larroumet n'a pas été mon maître. Très peu d'années nous séparaient; et nous appartenions en somme à la même génération d'esprits. Je le connus au moment où il achevait sa thèse, quand je commençais la mienne. J'étais à peu près au même point que lui. Nous étions sortis de l'École Normale, mes camarades et moi, très admirateurs des grandes constructions d'art littéraire que Taine avait édifiées, mais au fond très décidés à ne point nous mettre au service d'un système, tout préparés par nos maîtres, Fustel de Coulanges, Tournier, Boissier, Lavisse, qui nous avaient donné l'idée des méthodes exactes, à essayer d'adapter à l'histoire littéraire de la France les procédés de la critique ancienne et de l'histoire. Larroumet fut l'aîné qui me montra à faire cette adaptation. De plus, sa thèse si copieuse m'indiqua tout ce qu'on ne m'avait pas appris, les instruments de travail, les sources d'information qui doivent servir à l'étude du théâtre du XVIIIe siècle : c'est sur ses pas que je montai les cinq ou six étages au sommet desquels M. Georges Monval ouvrait, avec sa complaisance inlassable, l'accès des registres de la Comédie-Française.

Encore aujourd'hui, Messieurs, cette thèse est de celles qu'on peut offrir pour modèles de ce genre de travail aux jeunes gens, avec le « Hardy » de Rigal, et avec plusieurs autres (car heureusement elles se sont multipliées).

Depuis son *Marivaux*, Larroumet a contribué à l'histoire littéraire de la France par deux petits livres, *Racine* (dans la Collection des Grands Écrivains français), et *La Comédie de Molière, l'auteur et le milieu.* Ce sont deux excellents ouvrages de vulgarisation, au sens le plus élevé du mot, de cette vulgarisation dont seuls les esprits très savants et très intelligents sont capables. Il s'agissait moins, sur Racine et sur Molière, d'apporter du nouveau que de faire un triage dans l'amas des matériaux que depuis longtemps l'érudition parisienne ou provinciale entassait, de choisir le certain et l'important, de rejeter l'insignifiant et le douteux. Larroumet a fait ce travail avec un goût parfait. Ici encore il s'est effacé; il a tiré toutes ses idées des documents et des textes; il a été affranchi de tout point de vue doctrinal : il n'a voulu apporter qu'une méthode, et son jugement.

Mais ici il écrivait pour le grand public. Il a contenu, caché l'érudition. Il n'a rien ignoré, mais il n'a pas tout dit. Et ce qui, dans le *Marivaux*, disparaissait un peu par l'effort critique et sous l'amoncellement des matériaux, se dégageait ici avec puissance : la couleur et le mouvement de la vie. Naturellement orienté vers les réalités plutôt que vers les abstractions, très artiste, très attentif aux rapports de la littérature et des beaux-arts, il regardait ses auteurs comme un peintre, ou comme un romancier naturaliste peut faire. Il voyait la laideur expressive de Molière, le paysage natal de

Racine, cette nature sévère et harmonieuse de la Ferté-Milon, l'intérieur de bourgeois cossu du poète vieilli; il nous le montrait dans son cabinet, en sa robe de chambre « bordée de satin violet », devant ses rayons garnis de livres, ou, lorsqu'il s'en allait à la cour, en « manteau d'écarlate rouge » et « en veste de gros de Tours à fleurs d'or », avec une « petite épée à garde et poignée d'argent » au côté, montant dans son carrosse rouge que tiraient deux bons vieux chevaux. Il n'imagine d'ailleurs que comme il juge : le document demande sa vision, et où le document se tait, il cesse de voir.

Ce qui me frappe le plus dans ces études, c'est le scrupule et la mesure dont elles font preuve. Toutes ses sympathies sont acquises à Racine et à Molière : on le sent; mais il ne cède pas une parcelle de la vérité à ses sympathies. Dans sa rapide étude sur Racine, il pouvait écarter simplement les témoignages auxquels sa critique n'ajoute pas foi : ce sont ceux-là au contraire qu'il transcrit avec soin; il ne les rejette qu'après les avoir fait connaître. Nous pouvons, grâce à lui, conclure, si nous voulons, contre lui sur l'esprit courtisan de Racine ou sur la dénonciation dont il fut l'objet pour la mort de la du Parc. Pour Molière, il nous montre qu'on ne sait pas si Madeleine Béjart a été la maîtresse de Molière, qu'il n'est pas du tout sûr qu'Armande fût la fille de Madeleine. A vrai dire, l'état civil d'Armande est fort louche; et les vraisemblances communes sont pour que Madeleine Béjart ait eu plus d'un amant. Mais à la rigueur on ne sait rien. Molière a-t-il été en réalité ce que Sganarelle ne fut qu'en imagination? On n'aime pas cette posture pour l'homme qu'on admire. Or Armande est fort suspecte. « Cependant, à examiner d'un peu près les faits qu'on lui reproche, il n'en résulte qu'une chose, c'est qu'elle rendit Molière très malheureux. Mais pour quels motifs? Est-ce de l'inconduite, est-ce uniquement de la coquetterie de sa femme que souffrait l'auteur de *Sganarelle* et du *Misanthrope*? » On n'en sait rien, et Larroumet se refuse à faire la conjecture la plus romantique, mais aussi la plus désagréable pour Molière. Il aime mieux, puisqu'on ne sait rien, ne pas conjecturer le pis : et quand d'autres soupçonnent Molière d'avoir épousé la sœur ou la fille de son ancienne maîtresse, et d'avoir été « sot » comme Arnolphe ne voulait point l'être, il est content de pouvoir acquitter, faute de preuves, le grand écrivain qu'il aime. Et c'est tout ce que lui arrache sa sympathie. Elle n'agit plus, dès qu'il a un texte sûr : il n'essaie pas d'atténuer l'impression qu'on peut recevoir de la société de Racine avec la Champmeslé et tous ceux, mari et amants, avec lesquels il la partagea paisiblement.

S'il est docile aux textes, il n'y est pas crédule; il les sonde scrupuleusement, il les interprète avec mesure. Ce n'est pas cette mesure timide des gens de goût poli qui masquent ou nient volontiers les réalités laides, et qui aiment à voir en beau les écrivains dont ils s'occupent. La mesure de Larroumet dérive d'une méthode exacte, attentive à doser la quantité de certitude impliquée dans un texte. Mais, en lui, la prudence critique s'affermit par le sens aigu de la vie, par la connaissance désabusée et sans amertume de l'humanité, par la disposition avisée à ne voir la nature ni en noir ni en bleu.

Dans les articles rapides de ses dernières années, il s'est laissé aller à causer, à se souvenir ; il s'est mis à l'aise, laissant jouer son esprit et sa sensibilité, suivant les images de sa vie et de la vie qui s'évoquaient en lui. Il se permettait d'être charmant, d'être tout à fait lui, dans le journal, dans la courte chronique improvisée au coin d'une table, parce qu'au fond il ne faisait pas grand cas de cette besogne.

Mais dans les grands articles de Revue, dans les conférences de l'Odéon, dans les leçons de cours, une chose me frappe : c'est combien ce brillant causeur, d'esprit si amusant, de verve si inépuisable, toujours débordant d'anecdotes qu'il contait à merveille, se bridait, se défendait de paraître, s'interdisait les excursions, les effets, les fantaisies. Dès qu'il se sentait en fonction d'instruire, ce n'était plus le même homme; il ne jouait plus. Son objet le possédait. On eût dit qu'il sentait toujours son maître Eugène Benoist regarder par-dessus son épaule et réprimer en lui toutes les velléités de « littérature ». Les confrères malveillants traduisaient cela en l'appelent, selon la spécialité de leur antipathie « professeur », ou « normalien », ou

« pion » (1). C'était chez lui conscience. Il était sérieux, parce qu'il voulait l'être, parce qu'il croyait le devoir à son auteur, à son lecteur. Tous ses articles révèlent la même étendue d'information, la même solidité de construction. Ils sont faits, toutes les fois que le sujet le permet, sur le type que voici : Qu'est-ce que l'écrivain? biographie, psychologie, tendance esthétique ou sociale. Qu'est-ce que l'œuvre? sa place dans un genre, un groupe, un mouvement; et alors dans ce genre, ce groupe, ce mouvement, sa nuance ou propriété spéciale. Voyez, par exemple, Messieurs, sa conférence sur *Pinto*, ses articles sur M. Brunetière, *le Lys Rouge* ou *les Morticoles* : la structure est identique; seul, l'ordre des éléments est parfois renversé. Ainsi, il étudie partout le milieu social et l'homme, le milieu littéraire et l'œuvre, mais sans roideur doctrinaire, réservant toujours ce résidu indécomposable, réfractaire à l'analyse, où est la vie, et qui fait l'individualité. Il avait admiré Taine; il admirait M. Brunetière : il ôtait à leurs idées ce qui en faisait des systèmes, il en gardait ce qui donnait moyen d'interroger, d'embrasser le plus de réalité possible.

..... Partout ailleurs que devant vous, Messieurs, je pourrais craindre qu'on ne m'accusât d'avoir changé l'idée de Larroumet, d'avoir ôté à sa figure le brillant, la séduction de l'esprit, de la belle

(1) Il le rappelle lui même (*Petits Portraits* et *Notes d'art*, p. 191).

humeur, de la sociabilité, de la vivacité amusante, de lui avoir donné trop de sérieux et d'application grave. J'ai goûté, si je n'y insiste pas, les qualités charmantes et légères que tout le monde a connues. Mais c'était l'enveloppe d'une structure robuste et d'une volonté laborieuse; et dans nos études d'histoire littéraire, ce sont celles-ci surtout que Larroumet nous a montrées.

Il était Gascon. Il l'était jusqu'au bout des ongles. Mais il y a diverses sortes de Gascons. Pour nous autres, gens du Nord et du Centre, le Gascon est, nous aimons à nous figurer qu'il est, un personnage souple, spirituel, superficiel, causeur amusant sur toute chose, sans travail et sans connaissance exacte. Il y en a de tels, peut-être, des joueurs de flûte ou de guitare qui n'ont de sérieux que pour l'intrigue. Mais il y a d'autres Gascons, de rudes hommes, fougueux et solides, qui ne lâchent jamais pied, ne sont jamais las, ne font la grimace à aucun péril, à aucune peine, et qui vont joyeusement à toutes les batailles, à toutes les besognes, ayant encore de la verve de reste à faire mousser dans les heures de relâche, et se reposant à des jeux qui seraient de la fatigue pour d'autres : il y a les Gascons de Montluc et de Henri IV. Larroumet était de cette race-là. Sa légèreté était le trop-plein de sa force, qui jamais ne se sentait épuisée. Il la crut, hélas! inépuisable.

Je ne puis m'empêcher, Messieurs, de regretter pour nos études qu'avant cette dernière et irrévocable disparition, il nous ait été si tôt et tant de fois ravi, et dès le lendemain presque de ses débuts, par les séductions d'autres carrières et d'autres objets. S'il se fût concentré, peut-être ne l'aurions-nous pas perdu; et même si son heure était marquée, du moins, il eût fait pour nous, dans notre domaine, une œuvre plus considérable. Contentons-nous qu'il ait fait quelque chose d'excellent et de salutaire, dans ses livres et dans ses cours. Il n'aura pas, dans l'histoire littéraire du XIXe siècle, un chapitre à lui, à la suite du chapitre de Taine et du chapitre de M. Brunetière; mais son ambition n'était pas là, et, eût-il écrit vingt volumes de plus, il n'eût pas ajouté un système aux systèmes de la critique constructive. Il aura sa place au bas des pages ou dans les notices bibliographiques, non comme écrivain à étudier, mais comme guide, instrument et secours pour les hommes d'étude. Il a donné quelques exemples supérieurs de critique inductive, purgée d'a priori et de fantaisie, où toute l'intelligence, le goût, l'esprit, le talent, se subordonnent aux faits et ne s'appliquent qu'à mettre en valeur strictement le contenu des documents. Il nous a montré la voie. Ce qu'il n'a pas pu faire, d'autres le feront ; à vous, Messieurs, de le faire, en vous animant de son esprit et en vous inspirant de son enseignement. Pour moi, ce m'est un encouragement et une force, de songer qu'en montant dans cette chaire qu'il a trop peu de temps occupée, j'y trouve installée déjà par lui, éprouvée par sa pratique et revêtue de son autorité, la méthode que je crois, sinon la plus glorieuse pour le maître, du moins la plus utile pour les auditeurs et la plus adaptée aux objets de l'histoire littéraire.

II. — L'esprit scientifique et la méthode de l'histoire littéraire

Conférence faite à l'Université de Bruxelles

Mesdames, Messieurs,

Lorsque Boileau se constituait le défenseur des anciens contre Perrault et ses amis, le docte Huet déniait à ce poète si médiocrement érudit qu'il eût qualité pour le faire, et lui disait en le voyant s'échauffer : « Monsieur Despréaux, il me semble que cela nous regarde plus que vous. »

J'ai peur, Mesdames et Messieurs, qu'en venant discourir ici sur la méthode scientifique, — moi dont la culture et l'étude sont entièrement littéraires, — j'ai peur que mes deux illustres compatriotes qui sont ici, le mathématicien Poincaré et le biologiste Le Dantec, ne me tirent par la manche et ne me disent : « Mon cher collègue, cela nous regarde plus que vous. » Ce n'est qu'avec beaucoup de discrétion et de réserves que j'ose transporter cette notion de méthode scientifique à l'histoire littéraire, et il faut d'abord que je précise brièvement en quel sens et dans quelle mesure nous osons prétendre que nous faisons du travail scientifique.

On a bien abusé de ce mot chez nous, et les plus fortes têtes sont précisément celles qui se sont le plus laissé griser par les grandes découvertes des chimistes, des physiciens et des naturalistes. Vous devinez que je pense à Taine et à Brunetière. Toutes les vérités que nous leur devons, les grandes vues fécondes et suggestives qu'il nous ont laissées, ne valent peut-être pas la leçon qu'ils nous ont donnée par l'erreur et par l'échec de leur prétention scientifique. Les livres des médiocres ne contiennent pas d'instruction ; mais les chutes des grands hommes nous montrent les précipices : qui oserait se flatter de marcher sûrement où Taine et Brunetière ont glissé ?

Avertis par leur expérience, nous savons maintenant que, comme les sciences n'ont pris leur essor qu'une fois détachées de la métaphysique, il nous faut, avec une pareille indépendance même à l'égard des sciences, organiser notre recherche, construire notre connaissance, ne tenant compte que de la nature de l'objet spécial qui est le nôtre, et des données réelles qui sont à notre disposition pour l'atteindre. Comme aucune science ne s'est condamnée à reproduire le plan extérieur ni à utiliser les formules d'une autre science, ne cherchons pas non plus à copier la structure ni à nous approprier la langue de la chimie ni de l'histoire naturelle.

Disons-nous bien que toutes les opérations, qui pour la science des laboratoires sont réelles, ne peuvent être dans l'histoire littéraire que métaphoriques ou idéales, que l'analyse du génie poétique n'a rien de commun que le nom avec l'analyse du sucre, et se passe tout entière dans la tête qui la fait, que l'identification du genre littéraire qui se maintient par imitation, avec l'espèce vivante qui se perpétue par génération, est purement verbale, et qu'enfin tout ce qui est méthode dans les sciences de la nature, si on le transporte dans notre domaine, devient système. Et ainsi ce qui est pour l'homme de science un moyen de voir, n'est plus aux mains du littérateur qu'une manière de voir.

Nous devons aimer et imiter la discrétion de Sainte-Beuve. Celui-là goûtait la science et savait ce que c'était qu'un fait. Il s'était formé à la grande école du XVIIIe siècle, de ce siècle si faussement, si absurdement regardé comme la dupe et l'esclave de l'*a priori*. Il se proposait de faire l'histoire naturelle des esprits, de les classer par familles. Mais il ne prenait rien de plus à la science de cette assimilation générale : cela voulait dire qu'il voulait aller au vrai par l'observation de la réalité et faire seulement les généralisations que les faits commanderaient. Jamais il ne se demandait si ce qu'il faisait ressemblait à ce qu'avaient fait Lamarck, Blainville ou Magendie.

Voilà notre maître, Messieurs ; en cela du moins, qui est essentiel, nous n'avons encore rien de mieux à faire qu'à suivre la route qu'il a indiquée.

La même leçon nous est donnée par le grand esprit qui, du domaine de la philologie romane et de la littérature médiévale, a étendu son influence réconfortante jusque sur l'étude des œuvres classiques et contemporaines. Gaston Paris, Messieurs, n'a jamais joué au Claude Bernard ni au Darwin : il a traité les problèmes philologiques par des procédés de philologue, et jamais œuvre n'a moins singé les gestes des sciences ni été plus imprégnée de l'âme de la science.

Gaston Paris savait que ce qu'il nous faut prendre à la science, Messieurs, c'est sa conscience. Laissons-lui ses cadres et ses formules. Notre manière de participer à la vie scientifique, la seule qui ne trompe pas, c'est de développer en nous l'esprit scientifique. Nous avons en commun, les savants et nous, toute l'infirmité humaine, la courte vue, l'attention vacillante, les passions aveugles, l'impuissance à sortir de soi, le risque perpétuel de se tromper et d'être trompé. Nous avons en commun, eux et nous, les instruments de travail naturels, ceux que nommait déjà Montaigne, la raison et l'expérience. Nous avons encore cela de commun que notre objet, ce sont des faits, c'est la réalité, présente ou passée, infiniment complexe et confuse, dérobant sous la richesse mobile des apparences la simplicité et la stabilité de son organisation. Nous pouvons donc, non pas emboiter le pas aux savants dans leurs démarches, mais nous remplir de l'esprit auquel ils doivent leur conquêtes.

Je ne saurais mieux faire ici, Messieurs, que de vous lire la belle page par laquelle un maître admirable de libre pensée et d'action libre, que l'Université de Paris a eu la douleur de perdre l'an passé, Frédéric Rauh, commençait ses originales études sur la Méthode dans la psychologie des sentiments.

« Il nous paraît, disait-il, essentiel, dans l'inquiétude actuelle des esprits, de déterminer sous quelle forme l'idée de science peut s'appliquer aux questions psychologiques ou morales. Car nous sommes de ceux qui pensent qu'il y a, relativement à ces questions, une attitude scientifique possible. Bien plus : l'idée de science tend, selon nous, à organiser... la pensée et la conduite humaine... Mais ce ne sont pas tels ou tels procédés qu'il faut emprunter à la science; c'est son esprit...

« Il nous paraît, en effet, qu'il n'y a pas de science, pas de méthode universelle, mais seulement une attitude scientifique universelle. Un état d'esprit commun peut conduire dans des recherches diverses des esprits également scientifiques à des méthodes précisément contraires. On a confondu longtemps avec l'esprit scientifique même, la méthode de telle science, en raison des résultats précis où elle conduisait. Les sciences du monde extérieur sont ainsi devenues le seul type de la science... Mais l'unité des sciences physiques et des sciences morales n'est qu'un postulat.

« Et cependant il n'est pas prouvé, parce que cette unité demeure hypothétique ou approximative, que l'on ne puisse apporter, dans l'application de deux méthodes différentes à deux ordres de sciences le même esprit scientifique. Il en est ainsi, au reste, dans les sciences mêmes du monde physique. Bien des généralisations y ont été reconnues fausses ou hasardées, ou prématurées, renvoyées à un avenir lointain ou même incertain... Il y a cependant une attitude de l'esprit à l'égard de la nature qui est commune à tous les savants... »

Une attitude d'esprit à l'égard de la réalité, voilà bien ce que nous pouvons prendre aux savants; transportons chez nous la curiosité désintéressée, la probité sévère, la patience laborieuse, la soumission au fait, la difficulté à croire, à nous croire aussi bien qu'à croire les autres, l'incessant besoin de critique, de contrôle et de vérification. Je ne sais pas si alors nous ferons de la science, mais je suis sûr, du moins, que nous ferons de la meilleure histoire littéraire.

Si nous songeons aux méthodes des sciences de la nature, que ce soit aux plus générales, aux procédés communs de toutes les recherches qui portent sur des faits, et que ce soit moins pour construire notre connaissance que pour éclairer notre conscience. Regardons les méthodes d'accord et de différence, les méthodes des résidus et des variations, mais que ce soit plutôt pour la moralité qu'elles impliquent que pour les cadres ou les façades qu'elles fournissent. De la méditation des méthodes scientifiques, tirons avant tout des scrupules, l'idée de ce que c'est qu'une preuve, l'idée de ce que c'est que savoir, pour nous rendre moins complaisants à nos fantaisies et moins prompts aux certitudes.

Nous ne pouvons pas expérimenter. Nous ne pouvons qu'observer. Nous observons des faits qui ne se mesurent ni ne se pèsent, mais, de plus, des faits qui jamais ne se répètent. Chaque fait est unique en son espèce, non par accident, mais par essence : c'est ce qui fait la différence du texte littéraire et du document d'archives. Ailleurs, même en histoire, on peut s'attacher au général et faire abstraction des différences individuelles. Nous, même en cherchant le général, nous retenons les différences individuelles. Nous nous confondrions dans l'histoire et dans la philologie, si nous ne les retenions pas. Pouvons-nous ne prendre dans Racine que ce qu'il a de commun avec Pradon et Quinault? Ou ne regarder en lui que ce qu'il a légué à Campistron? Non, si Racine nous intéresse tant, c'est parce qu'il est Racine, pour ce qui n'est que dans Racine. Sans doute, ce qu'il y a de commun entre tous nos tragiques, nous l'observons, nous le retenons, pour définir la tragédie française et reconnaître ses attaches avec son milieu. Mais, voyez le paradoxe, nous ne nous plaisons à chercher le général que dans les œuvres les plus puissamment singulières, et pour elles autant que par elles. Voilà ce qui fait que toutes les méthodes des sciences, transportées chez nous, ne peuvent rien donner : elles produisent les définitions des types et des genres, et nous voulons saisir aussi le phénomène unique, caractériser l'individu. A la rigueur, Taine pourra déterminer la tragédie du XVIIe siècle, mais comme individus, il atteindra tout au plus Pradon ou Quinault, échantillons du lot des médiocres, jamais Racine, la combinaison de génie personnel une seule fois réalisée.

Notre étude est historique. Notre méthode sera donc la méthode de l'histoire; nos résultats n'auront que la certitude de l'histoire, cette « petite science conjecturale ». Mais notre condition diffère par un point de la condition des historiens. Ils étudient, eux, des faits passés, abolis, dont, avec les indices qui subsistent, ils recomposent l'idée. Nous aussi, quand nous cherchons à retrouver la vie sentimentale du XVIIIe siècle, ou les manières de penser de la Renaissance, nous poursuivons l'image d'un passé qui n'est plus. Mais, ce passé, nous le ressaisissons dans des réalités encore présentes, qui sont les œuvres littéraires : semblables en cela aux seuls historiens de l'art. Il y a sans doute bien des œuvres mortes; mais les chefs-d'œuvre sont devant nous, non point comme les documents d'archives, à l'état fossile, morts et froids, sans rapport à la vie d'aujourd'hui ; mais comme les tableaux de Rubens ou de Rembrandt, toujours actifs et vivants, capables encore d'impressionner les âmes de notre temps autant qu'ils firent celles de leur temps, et d'y déterminer des modifications profondes. Ils constituent, pour l'humanité civilisée, des possibilités permanentes d'excitation intellectuelle ou sentimentale.

Cette survivance indéfinie de leurs propriétés actives, les chefs-d'œuvre littéraires la doivent à la forme, personnelle et belle, dans laquelle l'originalité de l'écrivain s'est réalisée : disons, si vous voulez, au style. C'est avouer que, nulle mesure extérieure, nulle logique même ne pouvant saisir la beauté, rien ne pouvant ici remplacer la réaction du sentiment esthétique, il y aura toujours dans nos études une part fatale et légitime d'impressionnisme. Tandis que les savants, les historiens même essaient d'éliminer de la connaissance leurs modifications individuelles, nous sommes forcés, nous, d'admettre les nôtres. Nous ne renoncerions à utiliser notre impression qu'à la condition d'employer celle d'un devancier ou d'un confrère. Et il nous arrive en effet assez communément de nous figurer que nous faisons de la science objective, quand nous chaussons simplement, au lieu du nôtre, le subjectivisme du voisin.

Mais alors, si notre objet nous impose l'emploi de l'impression subjective, et si le premier commandement de la méthode scientifique est la soumission de l'esprit à l'objet, pour organiser les moyens de connaître d'après la nature de la chose à connaître, ne sera-t-il pas plus scientifique de reconnaître et de régler le rôle de l'impressionnisme dans l'étude des œuvres littéraires que de le nier, et, comme on ne supprime pas une réalité en la niant, de laisser cet élément personnel rentrer sournoisement et agir sans règle dans nos travaux?

L'impressionnisme est la seule méthode qui nous donne le contact de la beauté. Employons-le donc à cela, franchement, mais limitons-le à cela, énergiquement. Ce n'est point l'heure, Messieurs, de faire un cours de méthode. Un mot suffira. Distinguer « savoir » de « sentir », ce qu'on peut savoir de ce qu'on doit sentir, ne pas sentir où l'on peut savoir, et ne pas croire qu'on sait quand on sent : je crois bien qu'à cela se réduit la méthode scientifique de l'histoire littéraire. Ce n'est que par cette distinction, mais en tirant toutes les conséquences qu'elle comporte (et elles vont loin), que nous pouvons donner à la vérité que nous élaborons, si relative et si provisoire, si imprécise et si incertaine, un peu de la solidité, de la loyauté au moins, du savoir scientifique.

Dans cette élaboration méthodique, ai-je besoin de dire que nous revendiquons, que nous exerçons une liberté entière. L'esprit scientifique, d'autres l'ont dit déjà et mieux dit au cours de ces glorieuses fêtes, est essentiellement libre. Où la liberté n'est pas entière, on n'a que des parodies ou des embryons d'activité scientifique.

Nous n'avons pas grand mérite, en France, nous autres historiens de la littérature, à maintenir le principe de la liberté scientifique. Personne ne nous la refuse. Du moins, des deux puissances capables de tyrannie, l'État et l'Église, l'une, chez nous, n'a plus la volonté, et l'autre n'a plus la force d'exercer la censure des idées littéraires. Et toutes deux ont, comme on dit vulgairement, bien d'autres chats à fouetter que de surveiller l'image que nous présentons de Lamartine et de Montaigne. L'histoire littéraire bénéficie de l'idée un peu dédaigneuse que s'en font les hommes qui ont le pouvoir de faire du mal. Leur indifférence à nos jeux innocents assure notre liberté. »

Pourtant, Messieurs, je ne veux rien exagérer, l'absolu n'est pas de ce monde-ci, notre liberté n'est pas absolue. De temps en temps, nous nous heurtons, si j'ose dire, à quelque borne. C'est le Clergé qui fait retirer ou qui exclut de ses écoles les livres où Calvin et Renan n'ont pas l'éreintement qu'exige, paraît-il, le salut de la religion. C'est une coterie monarchique qui se fâche qu'on enseigne des faits contraires à sa doctrine et qui la dérangent. C'est même parfois — je le dis en rougissant et bien bas, — un député républicain qui veut interpeller un ministre républicain qui prend l'alarme parce qu'un professeur a imprimé un peu plus de mal de Voltaire, que n'exige l'orthodoxie des étranges démocrates qui conçoivent la République et la Science sur le type de l'Église et du Syllabus.

Ou bien c'est une propriété littéraire aux mains

de l'ayant droit, descendant ou acquéreur, qui s'oppose à la publication ou réclame le tripatouillage des documents.

C'est un auteur qui fait un procès au critique et à la Revue dont son chef-d'œuvre n'a pas reçu une admiration suffisante. C'est une famille qui se plaint qu'on n'ait pas assez idéalisé, ou voilé, le grand ancêtre dont elle rougit un peu sans renoncer à s'en emparer. C'est un lettré fétichiste qui ne peut se résigner à ce que tout ne soit pas beau, et grand, et pur, dans la vie et dans l'œuvre des écrivains de génie à qui il a donné son amour. C'est un critique nationaliste qui s'effare, au nom de la patrie, que nos grands Français aient été des hommes et soient peints comme tels, avec leurs travers et leurs petitesses, et qui nous somme de sacrifier l'histoire vraie au mensonge religieux que sa naïveté lui figure essentiel à l'honneur de son pays. Lettrés, chauvins, famille, partis, tout le monde nous pousse à défigurer, affadir, embellir les traits de nos écrivains immortels, et nous harcèle, si nous y résistons.

Mais quoi? que risquons-nous dans tout cela? Quelques tracasseries qui n'ont rien d'effrayant, des ennuis, non pas une persécution, et nous n'avons pas même assez de souffrance pour en faire un peu de gloire.

Il n'y a que l'article de la propriété littéraire qui me donne un peu de souci. L'extension de la propriété littéraire, telle que l'entend la jurisprudence des tribunaux français, telle surtout que la désire imprudemment, et contre le véritable intérêt de la littérature, un certain nombre de gens de lettres, voilà ce qui menace de resserrer à l'excès notre droit de citation et interdire à nos études pour de très longues années l'usage des sources manuscrites. Là est le seul danger sérieux que court la liberté scientifique dans le domaine de nos études.

Les ennemis vraiment à craindre, pour nous, ne sont pas au dehors, ils sont au dedans de nous : ce sont nos ignorances, nos fantaisies et nos passions.

La critique et l'histoire littéraire souffrent moins des restrictions de la liberté que des excès de la liberté. Cette liberté excessive est celle qui asservit la science à des caprices individuels; nous ne trouverons notre vraie, notre pleine liberté que dans la discipline, la saine discipline des méthodes exactes. Nous avons trop cru qu'il suffisait d'avoir des idées, et pas assez que la littérature, comme le reste, avait besoin d'idées vérifiées, d'idées vraies. Nous nous sommes trop crus en droit de faire la vérité littéraire avec nos sympathies et nos antipathies, avec nos préférences et nos dogmes, avec nos désirs et nos rêves. Nous avons trop postulé la conformité des faits à nos déductions, trop réduit la beauté de la nature et de la vie, la puissance du génie humain, à la mesure de nos partis-pris. Nous nous sommes trop imaginé que de l'*a priori* et de la logique, fouettés avec du talent, faisaient de l'histoire. Nous avons été trop artistes, trop acrobates, persuadés vaniteusement que le lecteur ne venait pas chez nous pour connaître par nous Montaigne ou le romantisme, mais pour nous voir en représentation; nous nous sommes estimés plus intéressants que notre matière, nous l'avons masquée, et nous nous sommes étalés. Nous avons donné des fantasias, qui faisaient honneur à notre esprit, et n'apprenaient rien, ou rien de vrai, sur nos auteurs. En un mot, nous avons eu longtemps beaucoup de très mauvaises habitudes; nous en avons encore quelques-unes. Notre affranchissement consistera à nous les interdire. Dans l'ordre intellectuel, comme dans l'ordre moral, c'est contre soi-même d'abord qu'il faut savoir être libre.

Toutes nos méthodes sont instituées pour neutraliser les puissances trompeuses qui sont en nous et nous préserver de la séduction tyrannique des puissances trompeuses qui sont dans les autres hommes. Notre métier consiste à séparer partout les éléments subjectifs de la connaissance objective, l'impression esthétique des passions et des croyances partiales, à éliminer tout ce qui ne peut être productif que d'erreur ou d'arbitraire, à retenir, filtrer, évaluer tout ce qui peut concourir à former une représentation exacte du génie d'un écrivain ou de l'âme d'une époque.

Étude des manuscrits, collation des éditions, discussion d'authenticité et d'attribution, chronologie, bibliographie, biographie, recherches de sources, dessins d'influence, histoire des réputations et des livres, dépouillements de catalogues et de dossiers, statistiques de versification, listes méthodiques d'observations de grammaire, de goût et de style, que sais-je encore? Tous ces moyens d'étude si lents, si délicats, et qui accablent la paresse ingénieuse pressée de conclure, sont des procédés de contrôle, de réduction et d'interprétation dont l'utilité est de jalonner si bien notre route qu'il nous devienne impossible, malgré toutes les tentatives du dedans, de nous en écarter. Notre but est de réduire au minimum indispensable et légitime la part du sentiment personnel dans notre connaissance, en lui donnant toute sa valeur.

En dépit des critiques à l'ancienne mode, qui, de théorie ou de pratique, nient la possibilité d'une étude scientifique, c'est-à-dire exacte et patiente, de la littérature, il est incontestable qu'en ces vingt ou trente dernières années, même pour les quatre siècles modernes, qui sont comme le champ de bataille de tous les dogmatismes ou la foire de toutes les fantaisies, la masse de la connaissance solide s'est considérablement accrue : et cela dans deux directions.

Les grandes lignes du développement littéraire, les courants d'idées et de sensibilité, la succession des états du goût, les étapes de la formation et de la dissolution des doctrines, des genres et des formes, tous ces faits généraux sont mieux connus, mieux observés, mieux analysés. On en pénètre mieux le caractère, on en suit plus exactement le dessin, à mesure que les documents sont rassemblés en plus grand nombre et critiqués plus sévèrement, à mesure que l'on élargit et que l'on assure mieux les bases sur lesquelles portent les généralisations.

D'autre part, les définitions du génie des grands écrivains, les idées sur la formation et sur l'action des grandes œuvres se précisent aussi et en quelque mesure se fixent. Il y aura toujours de l'inconnu dans Montaigne et Pascal, dans Bossuet et Rousseau, dans Voltaire et Chateaubriand, dans bien d'autres encore, et de la contradiction à proportion de l'inconnu. Mais il faut n'avoir guère suivi le mouvement des études littéraires dans ces dernières années, pour ne pas remarquer que le champ des disputes se resserre, que le domaine de la science faite, de la connaissance incontestée, va s'étendant et laisse ainsi moins de liberté, à moins qu'ils ne s'échappent par l'ignorance, aux jeux des dilettantes et aux partis-pris des fanatiques, si bien qu'on peut sans chimère prévoir un jour où, s'entendant sur les définitions, le contenu, le sens des œuvres, on ne disputera plus que de leur bonté et de leur malice, c'est-à-dire des qualificatifs sentimentaux. Mais de cela, je crois, on disputera toujours.

Il y a, Messieurs, vous le savez, dans le travail scientifique, un principe d'unité intellectuelle. Il n'y a pas de science nationale. La science est humaine, mais comme elle tend à faire l'unité intellectuelle de l'humanité, la science aussi concourt à maintenir et à restaurer l'unité intellectuelle des nations.

Car s'il n'y a pas une science allemande, une science française, une science belge, mais la science, la même et commune pour toutes les nations, encore moins y a-t-il une science de parti, une science monarchiste ou républicaine, catholique ou socialiste. Tous les hommes d'un même pays qui participent à l'esprit scientifique affirmissent par là l'unité intellectuelle de leur patrie. Car l'acceptation d'une même discipline établit une communion entre des hommes de tout parti et de toute croyance. L'acceptation des résultats où conduit la loyale obéissance à cette discipline forme un terrain solide de vérités acquises sur lequel ces hommes venus de tous les coins de l'horizon se rencontrent. L'acceptation de l'arbitrage souverain des règles de méthodes ôte l'aigreur aux disputes et fournit le moyen de les terminer.

Sans renoncer à aucun idéal personnel, on se comprend, on s'entend, on coopère : cela mène à l'estime et à la sympathie réciproques. La critique, dogmatique, fantaisiste ou passionnée, divise; l'histoire littéraire réunit, comme la science dont l'esprit s'inspire; elle devient ainsi un moyen de rapprochement entre des compatriotes que tout le reste sépare et oppose, et c'est pourquoi j'oserais dire que nous ne travaillons pas seulement pour l'érudition, ni pour l'humanité; nous travaillons pour nos patries.

III. — Quelques mots sur l'explication de textes

ESPRIT — OBJET — MÉTHODE

Un des esprits les plus distingués des États-Unis demandait récemment « quel était le tortionnaire qui avait inventé l'explication de textes ». Cette question spirituellement posée en contient deux qu'il nous faut distinguer. D'abord — et c'est le point important — quelle est la valeur de cet exercice? N'est-ce qu'une invention de pédant, une erreur pédagogique, un moyen de fatiguer inutilement les esprits? Mais cette première question se subdivise en deux autres : car pour déterminer la valeur d'un exercice, il faut en définir : 1° le but, 2° la méthode. Nous rechercherons ensuite l'origine et les inventeurs de cette pratique, damnable ou recommandable; quelques mots suffiront pour contenter ou orienter les curiosités sur ce second problème, après tout secondaire.

I

L'explication de textes est un exercice artificiel? — Comme tous les exercices scolaires; comme tous les exercices d'entraînement gymnastique et sportif. Le professeur de thème latin, le professeur de gymnastique, le maître d'équitation, le maître d'armes, sont des tortionnaires au même titre que le professeur qui inflige à la jeunesse l'effort de l'explication, avec les dislocations et les courbatures d'esprit qu'en peuvent éprouver les débutants. On ne fait aisément que ce qu'on a fait d'abord avec raideur et fatigue, et qu'on a souvent recommencé.

« Le naturel », disait Condillac, « n'est que l'art tourné en habitude. » Peu importe la dureté de l'apprentissage. Il faut considérer le résultat. Quel est donc le but de l'explication de textes? C'est bien simple. Par l'explication, un professeur de lycée ou d'université se propose d'apprendre à *lire* à ses élèves. L'instituteur apprend à lire l'alphabet, et le professeur de lycée ou d'université apprend à lire la littérature.

Le fait qui fonde et justifie l'exercice de l'explication, c'est que la plupart des grandes personnes ne savent pas lire. Oui, elles savent lire, au sens de l'école primaire, interpréter les signes imprimés ou manuscrits, en donner plus ou moins grossièrement le sens. Mais combien y a-t-il de gens qui savent lire avec attention même un article de journal, un avis de la Mairie, un fait divers, qui peuvent en répéter exactement le contenu, en expliquer le sens sans l'altérer, sans y ajouter, sans en perdre? Faites l'expérience, et vous verrez.

A plus forte raison, quand il s'agit de textes littéraires, tout gonflés de substance et riches de nuances, où les intentions se croisent et se superposent, et dont les possibilités de signification ne sont en quelque sorte limitées que par la capacité des esprits qui s'y appliquent, il ne suffit pas, pour les bien lire, d'avoir appris à lire à l'école. Trop de gens — même parmi ceux qui font profession d'écrire l'histoire littéraire ou de diriger le public dans le jugement des ouvrages anciens et nouveaux — trop de gens ne sont habitués qu'à lire rapidement comme on lit un journal ou comme on lit un roman, à parcourir plutôt qu'à lire. J'en connais — et d'illustres — qui n'ont jamais fait autre chose que chercher dans les auteurs des passages conformes à leurs jugements préconçus, et qui pouvaient leur servir à construire l'édifice sévère de leur doctrine. D'autres appellent « *lecture* » leur habitude de rêver sur les pages d'un livre, où ils s'imaginent parfois avoir trouvé, comme Diderot, ce qui n'a jamais été que le jeu de leur fantaisie ou l'émotion de leur cœur. Ils lisent en eux-mêmes, alors qu'ils croient lire l'auteur qu'ils ont sous les yeux.

L'exercice de l'explication a pour but, et, lorsqu'il est bien pratiqué, pour effet, de créer chez les étudiants une habitude de lire attentivement et d'interpréter fidèlement les textes littéraires. Il tend à les rendre capables de trouver dans une page ou une œuvre d'un écrivain *ce qui y est, tout ce qui y est, rien que ce qui y est.* A vrai dire, il y aura toujours des textes qu'on n'épuisera pas : mais on descendra plus ou moins profondément dans leur intelligence, on en explorera plus ou moins complètement l'étendue ; et il s'agit de s'habituer, dans ces deux sens, à aller le plus loin qu'on peut.

Le postulat, évidemment, est que les textes ont

un sens en eux-mêmes, indépendamment de nos esprits et de nos sensibilités, à nous qui lisons. Je crois que ceux même qui mettent le plus en question la valeur de l'explication de textes ne le nient pas (1). Il y a, dans tous les ouvrages de littérature,

---

(1) Je l'ai cru longtemps. J'en suis moins sûr aujourd'hui. Un esprit gagné à la fine psychologie de Marcel Proust, et à la métaphysique qui s'y implique, soutiendrait sans doute que le moi et le non-moi sont inséparablement mêlés dans nos perceptions et notre connaissance, que s'il y a une réalité extérieure, elle ne se révèle à nous que par des réactions qui ne sont jamais les mêmes au même instant chez deux hommes, ni chez le même homme à deux moments différents, que nous sommes dans l'impossibilité de choisir entre les vingt images d'une personne que la vie a mises en nous, qu'il n'y en a pas une qui soit la seule vraie ni la plus vraie, ou que toutes sont vraies également, sans que nous puissions y distinguer ce qui est de l'objet perçu et ce qui est du sujet sentant. Dans l'exercice littéraire, cela conduirait à penser qu'il est vain de chercher un sens aux *Essais* ou aux *Pensées*, et qu'on ne peut que constater, sans le contester jamais, le sens que leur donne M. X. et le sens que leur donne M. Y. On n'atteindrait jamais le livre, mais toujours un esprit réagissant un livre et s'y mêlant, le nôtre, ou celui d'un autre lecteur.

même dans la poésie, un sens permanent et commun, que tous les lecteurs doivent être capables d'atteindre et qu'ils doivent d'abord se proposer d'atteindre (1). Il y a quelque chose que le *Cid*,

---

Encore resterait-il qu'on pourrait faire le recueil et le classement des impressions subjectives, et peut-être s'en dégagerait-il un élément permanent et commun d'interprétation, qui pourrait s'expliquer par une propriété réelle de l'ouvrage, déterminant à peu près constamment une modification à peu près identifique des esprits. Il resterait aussi qu'on pourrait rechercher au moins ce que le livre signifiait pour l'auteur, sans nier qu'il ait pu signifier infiniment d'autres choses pour des générations de lecteurs, et qu'il puisse signifier encore autre chose pour moi. Et il ne serait peut-être pas exagéré de penser que le sens de l'auteur est tout de même un sens privilégié, auquel je puis donner une attention particulière. Et voici notre application de nouveau justifiée. Une conception relativiste de l'étude des textes est parfaitement possible.

(1) Ce sens permanent et commun, quand il s'agira des textes fameux que toutes les générations des critiques et des lecteurs ont maniés, pourra faire l'effet d'être un peu gros et banal : il sera pourtant bon de ne pas dédaigner d'y revenir, et d'y rattacher toutes les variations nuancées dont les diverses époques et les esprits l'ont enrichi. Il sera bon de

Phèdre, les *Méditations*, la *Légende des Siècles*, les *Forces tumultueuses*, disent également pour tout le monde : celui qui ne l'entend pas est un sourd ; au moins est-il atteint de surdité partielle et momentanée. Il y a une vérité accessible dans l'étude littéraire ; et c'est ce qui la fait noble et saine.

Cela ne veut pas dire que chacun de nous, en présence d'une œuvre littéraire, et d'autant plus qu'elle s'éloigne de la science pour s'approcher de la musique, ne puisse avoir sa réaction individuelle, toute singulière et parfaitement légitime. Là même où domine l'idée, où la vérité plus que la beauté a été l'objet de l'écrivain, l'impression et l'interprétation personnelle sont à leur place : tout le monde ne voit pas tout ; les œuvres fortes ne se livrent qu'aux forts esprits ; et l'on se propose précisément, par l'exercice dont nous parlons, de former chez les jeunes gens une habitude d'aller au-delà du sens grossier que nul ne manque d'apercevoir, et un art de rassembler — dirai-je de mobili-

---

partir de là pour aller à la recherche du sens originel, du sens de l'auteur, et puis du sens du premier public, et des sens de tous les publics, français et étrangers, que le livre a successivement rencontrés. L'histoire de chaque chef-d'œuvre contient en raccourci une histoire du goût et de la sensibilité de la nation qui l'a produit et des nations qui l'ont adopté.

ser? — rapidement toutes leurs facultés, pour arracher au texte le plus possible de son secret.

On ne songe même pas à condamner la rêverie dont je parlais tout à l'heure, l'activité créatrice de l'esprit du lecteur qui prend le texte seulement comme tremplin pour s'élancer dans les espaces du concevable ou de l'imaginable. Mais il importe de distinguer, dans ce qu'excitent en moi Montesquieu ou Pascal, Racine ou Victor Hugo, ce qui est *en moi*, de ce qui est *en eux*. Il faut que j'aie appris à distinguer le sens du livre de l'usage que j'en fais. Il ne s'agit pas seulement de reconnaître ce qui a été vraiment pensé, senti, exprimé par Montaigne et Pascal, par Racine et Victor Hugo; mais dans ce qui va au-delà de ce qu'on peut raisonnablement appeler leur sens, au delà des plus fines suggestions qu'on a droit de rapporter encore à leur volonté plus ou moins consciente, dans ce qui n'est plus vraiment que moi, lecteur, réagissant à une lecture comme je réagis à la vie, il ne faut tout de même pas confondre ce qui est le prolongement, l'effet direct, normal, et comme attendu de la vertu du livre, avec ce qui ne saurait s'y rattacher par aucun rapport et ne sert à en comprendre, à en éclairer aucun caractère.

En un mot, lire avec réflexion, lire pour comprendre et de façon à comprendre, lire pour se donner non seulement des impressions fortes, ou des impressions multiples, mais pour acquérir une intelligence claire, précise et distincte des textes,

— —

c'est une chose qui ne se fait pas toute seule — si vous exceptez quelques individus qui seront toujours, en tout, au-dessus de toutes les règles et de toutes les pédagogies, et qui, tout de même, auront profit à ne pas les ignorer ; c'est une chose qui s'apprend ; et c'est la chose qu'on apprend par l'exercice de l'explication de textes.

II

Ce n'est pas d'ailleurs un exercice facile à bien faire. Et quand il est mal fait, il est plus nuisible qu'utile : on ne s'en étonnera pas. C'est sans doute parce qu'il a été souvent mal pratiqué que de bons esprits s'en sont défiés, et que mon cher et vénérable ami d'Amérique l'assimile à une torture. Parfois on s'imagine qu'il s'agit de dire n'importe quoi, pourvu qu'on dise quelque chose. On débite tout ce qu'on sait de l'auteur et du livre. On cause à bride abattue sur le siècle ou le sujet. On cherche à remplir le temps réglementaire de l'exercice. On s'occupe de faire briller son esprit. L'explication ainsi pratiquée éloigne du texte, le cache, le fait oublier. Elle est une école de bavardage et de vanité, elle est mauvaise pour le maître, mauvaise pour l'élève. On ne saurait soumettre cet exercice à des règles trop sévères.

Ce n'est pas le lieu d'entrer ici dans le détail de la méthode. On la trouvera définie avec une admirable précision dans une conférence faite au Musée

Pédagogique en 1909 par M. Albert Cahen, Inspecteur général de l'Instruction Publique.

La base, bien entendu, de toute explication française est l'étude grammaticale du texte. Il n'y a pas de plus grande et de plus dangereuse erreur que d'éliminer ou de faire négligemment le travail du grammairien sous le hautain prétexte qu'on fait de la littérature. L'intelligence exacte du vocabulaire et de la syntaxe de l'auteur, dans la page qu'on a choisie, n'est pas nécessaire seulement pour fixer le *sens littéral*, mais elle prépare la connaissance fine des nuances de l'idée ou de la forme.

A l'établissement du sens littéral se rapporte l'éclaircissement de toutes les obscurités ou difficultés qui se rencontrent dans le détail de l'expression, celui des allusions de toute sorte, historiques, bio graphiques ou autres, qui peuvent embarrasser un lecteur moyennement cultivé.

Quand ce travail de *mot à mot*, pour ainsi dire, est achevé, alors il s'agit de passer du *sens littéral* au *sens littéraire*. Je veux dire qu'il faut essayer de mettre en lumière l'intérêt ou psychologique, ou philosophique, ou historique (principalement pour l'histoire des idées, du goût, de la civilisation) du texte choisi, et d'en faire sentir la valeur esthétique, la beauté. Tout ce travail se fait en faisant concourir sans cesse l'impression personnelle dont on ne peut se passer, et la connaissance érudite qui sert à préciser, interpréter, contrôler, élargir, rectifier l'impression personnelle.

On peut trouver tout dans tout; une chose mène à l'autre, et insensiblement on perd pied, on se noie dans sa richesse. Il faut savoir se borner. Il faut dire tout ce qui ne peut être omis sans que l'auditoire soit trompé sur le sens ou la valeur du texte. Mais une page d'un grand écrivain contient d'inépuisables possibilités de pensée ou d'émotion. On ne peut tout étaler; il est légitime de choisir, entre les intérêts divers, celui qui nous paraît essentiel ou supérieur. On peut toujours indiquer ce qu'on laisse volontairement de côté.

Corneille écrit quelque part :

« Nos vers disent parfois plus qu'ils ne pensent dire. »

Plus, et souvent autre chose. Chaque génération lit sa pensée ou son idéal dans les chefs-d'œuvre de la littérature ; chaque siècle les refait à son image. Aucune de ces interprétations n'a droit d'exclure les autres. Aucune n'est complètement vraie, ni complètement fausse.

Il faut partir du sens de l'auteur; par ce qu'il a voulu dire se détermine la limite de ce qu'on a le droit de lui faire dire. Mais après qu'on a vu ce que les *Essais* signifiaient pour Montaigne, et les *Pensées* pour Pascal, il est parfaitement légitime de se demander ce que ces ouvrages signifient pour nous, de les mettre en contact avec l'idéal, la mentalité et les préoccupations de notre temps. Nous sommes un public pour ces écrivains immortels au même titre que les gens de 1580 ou de 1670; et nous avons le même droit d'essayer sur nos consciences, nos sensibilités et nos intelligences, la vertu de leurs œuvres, de les obliger à révéler par les réactions de nos esprits des propriétés nouvelles, que les générations des siècles disparus n'ont pas ou n'ont qu'à peine soupçonnées (1).

---

(1) C'est peut-être là que j'ajouterais quelque chose à la belle leçon de M. Albert Cahen. J'irais plus hardiment vers l'actualité, entendue au sens le plus général et le plus élevé. Dans une étude récente sur la *Vie morale selon les Essais de Montaigne* (Revue des Deux Mondes, 1er-15 février 1924), j'ai essayé de distinguer nettement la pensée de Montaigne, telle qu'elle peut apparaître quand on l'étudie historiquement selon les règles d'une exacte critique, et l'interprétation qu'une conscience d'aujourd'hui, se plaçant dans une attitude analogue à celle de Montaigne, mais développant sans embarras ou dépassant selon les besoins et selon les lumières du temps présent les indications des *Essais*, pourrait en tirer pour l'usage présent de la vie. Si la culture des Universités ou des Collèges prépare l'homme à la vie dans son milieu et dans son temps, il ne suffit pas de connaître la valeur historique des textes; il faut en rechercher la valeur présente. Il faut supposer que ce ne sont pas des choses mortes, et que le développement de leur contenu et de leurs puissances n'est jamais achevé.

On ne doit jamais négliger l'explication grammaticale ni l'explication historique ; mais on peut n'y voir qu'une préparation, n'y prendre que des points d'appui, soit pour une étude de goût, une analyse de sensations esthétiques, soit pour une recherche de l'usage et des applications actuelles de l'œuvre étudiée.

Tout est légitime, pourvu qu'on regarde son texte de près, et qu'on s'efface devant son auteur ; pourvu qu'on cherche le vrai, la nuance du vrai par tous les moyens qui sont à notre disposition. Au reste, dans les limites que tracent certaines conditions générales de méthode, chaque maître se fera, selon sa culture et son goût, une technique personnelle. Il organisera l'explication aussi selon l'âge, l'instruction, les curiosités, la destination future de ses auditeurs. L'étude grammaticale sera presque tout dans les plus jeunes classes, et peu à peu tout le reste s'ajoutera. On n'expliquera pas de même avec des élèves pour qui la littérature ne devra être qu'une distraction sérieuse, un entretien de culture générale, et avec de futurs professionnels, destinés à fournir leur contribution à l'histoire littéraire ou à enseigner la littérature (1). Certaines règles de

(1) On n'expliquera pas non plus tout à fait de même certains ouvrages et certains auteurs avec des auditeurs qui n'ont pas fait de grec et de latin, et avec des auditeurs qui savent ces langues. Cela va

précision et de probité intellectuelles, on ne saurait trop le répéter, se retrouveront à tous les étages, et dans toutes les directions de l'explication de textes.

En deux mots, l'explication de textes de nos classes est à la lecture du cabinet exactement ce que, pour le piano, *étudier* est à *déchiffrer*. Le bénéfice est analogue. Par l'explication, on s'habitue à se mettre dans une certaine attitude d'esprit, dans un certain état d'activité en face des textes; on acquiert

---

de soi. On appuiera plus ou moins sur certains rapports des œuvres françaises avec les modèles anciens, selon que les auditeurs seront capables de connaître ceux-ci dans l'original ou seulement par des traductions. Je n'en conclus pas du tout qu'on soit moins capable de comprendre et de sentir les œuvres françaises quand on ne sait pas le grec et le latin. Il en faudrait inférer que le public français (dans sa très grande majorité) n'a jamais ni compris ni senti sa littérature. D'ailleurs, faut-il savoir l'espagnol pour être en état d'étudier le *Cid*? ou l'italien, ou l'anglais, ou l'allemand, pour être en état d'étudier tel ou tel autre ouvrage français? Je veux seulement indiquer que selon qu'on aura affaire ou non à un public ignorant la langue du modèle dont l'ouvrage français est inspiré, on orientera différemment l'étude; et la comparaison même de l'imitation et du modèle ne se fera pas de même dans les deux cas.—

l'art de les interroger rapidement, de les presser, d'en voir et résoudre les difficultés, d'en saisir et d'en suivre les suggestions, de leur faire rendre tout ce qu'il nous est possible de leur arracher de leur contenu. On devient capable de sentir qu'on ne comprend pas, ou qu'on ne comprend pas tout; on devient incapable de se contenter des fausses clartés et des à peu près; on devient habile à distinguer la voix intérieure qui part du fond de nous, de la parole que nous transmettent l'Elzévir et le Didot. Enfin, on sait lire. Et l'habitude prise au lycée ou à la Faculté se gardera toute la vie. Les bons effets s'en feront sentir également à celui qui lira pour réunir les matériaux d'un travail de critique ou d'histoire littéraire, et à celui qui lira pour se cultiver.

Du point de vue spécialement pédagogique, j'ajouterai que l'explication est l'exercice le plus profitable aussi pour développer les connaissances. A déchiffrer, on ne s'instruit guère, en dehors de ce que le texte livre en quelque sorte de lui-même. On emploie l'acquis antérieur à l'éclaircir et l'interpréter. On n'ajoute guère à cet acquis. Les multiples enquêtes qu'impose l'obligation d'expliquer avec précision, nous conduisent à toutes sortes de découvertes dont notre esprit s'enrichit. Notre horizon s'élargit; notre savoir se fait plus solide et plus substantiel. Peu à peu, tous les problèmes de la langue, tous ceux de l'art littéraire, tous ceux de l'histoire des idées et de la sensibilité se posent, à propos des textes, en termes concrets devant nous; et les données, les faits, les enchaînements s'inscrivent nettement dans notre mémoire. Seule, l'étude sérieuse apporte ce profit : il n'en faut pas parler quand on lit tous les livres comme des romans. Ainsi le travail de chaque explication nous procure un supplément d'information qui nous fait aborder la suivante avec plus de puissance et de moyens.

III

Qui a donc *inventé* cet exercice, cette prétendue *torture* où je vois une gymnastique efficace et nécessaire?

L'explication des textes est identique en son essence à l'*exégèse* pratiquée dans les sciences religieuses et dans la philologie grecque et latine.

Il est clair qu'elle ne pouvait manquer de s'organiser, lorsque les textes français se trouveraient dans une condition analogue à celle des textes sacrés, ou des textes de l'antiquité classique.

Ce jour est venu quand les textes français sont devenus objets d'étude, quand ils ont, en vieillissant, perdu pour les nouvelles générations cette clarté apparente d'expression et d'idée dont le premier public se contentait; enfin quand les écoles et les collèges s'en sont emparés pour en faire les instruments de l'éducation de la jeunesse.

Nos textes français sont devenus objets d'étude, d'abord, quand ils ont été élevés à la dignité de modèles : ce qui s'est produit pour la littérature du XVIIe siècle dès le début du XVIIIe. Alors on a commencé à y regarder de près, à les éplucher mot par mot, syllabe par syllabe, à en discuter les défauts, à en faire valoir les beautés. L'*Art d'écrire* de Condillac est tout plein de passages expliqués, où l'auteur démontre par des analyses minutieuses à quoi tient la force ou la faiblesse d'un style. Le *Commentaire* de Voltaire *sur Corneille* n'est rempli que des matériaux d'une explication, faite naturellement au point de vue du XVIIIe siècle, pour les amateurs de la langue française et les amateurs de la tragédie. Voltaire et Condillac sont les précurseurs authentiques des *tortionnaires* d'aujourd'hui.

Lorsque, au cours du XVIIIe siècle, s'introduisit l'habitude de mettre au programme des classes des ouvrages en français, auxquels le XIXe siècle fit la part de plus en plus large, on finit bien par s'apercevoir qu'on n'y comprenait pas tout, et qu'il y avait des ouvrages qui devenaient de plus en plus difficiles à comprendre. Le XVIIIe siècle, encore dominé par la notion absolue du bon goût, traita trop souvent comme défauts tout ce qui l'embarrassait ou lui déplaisait. Le XIXe siècle, animé d'un esprit historique, se rendit compte que la langue changeait, que les idées, la sensibilité, le goût évoluaient, et que pour entrer dans le sens de Marot et de Montaigne, ou même de Corneille et de Pascal, il fallait de l'attention, du savoir, et de l'étude.

Les professeurs n'eurent qu'à faire parler leurs

élèves; et ils constatèrent aisément que les contre-sens étaient aussi faciles à faire, et n'étaient guère moins nombreux sur une page de français que sur une page de latin ou de grec. Ils n'eurent qu'à interroger leurs élèves ; et ils constatèrent que le don de réfléchir sur les impressions d'une lecture, d'aller au-delà du sens littéral pour jouir de toute la force d'une pensée ou de toute la beauté d'une forme, n'était pas un don inné chez la plupart, que, dans la lecture, comme en tout, la nature humaine fuyait la peine, et qu'il fallait exercer les enfants et les jeunes gens à user de toute leur intelligence.

De là naquit, chez les meilleurs maîtres, l'usage de courber les esprits sur les textes, et, si je puis dire, de les y frotter. J'ai eu deux maîtres en rhétorique, qui, vers 1875, expliquaient chaque jour la leçon française du lendemain. C'était la partie la plus intéressante et la plus fructueuse de la classe. L'un, M. de La Coulonche, excellait à coudre au texte d'amples développements, qui faisaient surgir les idées générales. L'autre, M. Aderer, avait une méthode plus précise et plus fine : il s'appliquait au détail et montrait du doigt, ou d'un clin d'œil, les généralités ; il excellait à sous-entendre, à suggérer, à donner le désir d'ajouter par une recherche personnelle à ce qu'il avait fait entrevoir. Leur tradition ne se perdit pas, et l'explication française prit pied dans un assez grand nombre de classes.

Un jour vint où l'on mit au progamme l'histoire

de la littérature française. Au bout de quelques années, les Inspecteurs généraux s'aperçurent que les lycées et les collèges étaient pleins de petits Brunetières qui débitaient en tranches nos quatre siècles de littérature moderne devant des classes passives et mornes. Les élèves n'en retiraient rien que l'habitude d'appliquer des formules apprises par cœur à des ouvrages qu'ils n'avaient pas lus : acquisition utilisable au baccalauréat, pernicieuse d'ailleurs pour l'esprit. On supprima, ou l'on restreignit très vigoureusement, les leçons d'histoire littéraire.

Certains professeurs, depuis longtemps, maintenaient que toute connaissance littéraire doit venir du commerce direct et familier des textes, que plutôt que de disserter sur les œuvres, il fallait les faire lire, et que la seule lecture profitable en classe était l'explication précise et détaillée (1). Le ministère, après l'épreuve décisive de l'enseignement de l'histoire littéraire, leur donna raison, et l'explication française devint officiellement un des exercices

(1) Notre maître, en ceci, est La Bruyère, qui a écrit : « L'étude des textes ne peut jamais être assez recommandée... Ayez les choses de la première main, puisez à la source ; maniez, remaniez le texte ;... songez surtout à en pénétrer le sens dans toute son étendue et dans ses circonstances. » (*Les Caractères*, ch. XIV : De quelques usages.)

réguliers et importants de la classe de français. On verra ce progrès, annoncé dès 1880 et 1890, s'enregistrer définitivement dans les programmes de 1902 et les instructions de 1909. La réforme de 1923 n'a rien changé sur ce point.

Dans tous les examens, primaires, secondaires, supérieurs, l'explication française avait pris peu à peu sa place. Du temps où je préparais ma licence, les Professeurs des Facultés ou de l'École Normale n'expliquaient pas les textes français : ils faisaient des leçons générales sur les ouvrages inscrits au programme et sur la biographie des auteurs. C'était à nous de nous débrouiller à l'examen ; il est vrai qu'on se contentait alors, en guise d'explication, d'une interrogation ou d'une causerie assez vagabondes, qui n'obligeaient pas à serrer les textes de près. Peu à peu une méthode plus sévère s'imposa partout, et une préparation plus exacte s'établit. Qu'il s'agît du brevet supérieur, de la licence, de l'agrégation, du certificat des jeunes filles, de l'entrée à l'École Normale de la rue d'Ulm ou à celle de Sèvres, l'exercice de l'explication française devint l'épreuve importante et décisive où la culture française du candidat se jugea (1).

(1) Je puis ajouter que la valeur de cet exercice a été depuis une vingtaine d'années de plus en plus reconnue dans les pays étrangers, en Europe et en Amérique, à mesure que nos professeurs l'ont

On peut dire qu'aujourd'hui l'étude de la langue et de la littérature nationales repose chez nous sur deux piliers qui sont la composition française et l'explication française. Là, synthèse, analyse ici ; là, effort de création ; ici, essai de critique ; là, développement de ce que l'on a en soi ; ici, pénétration d'une pensée étrangère : les deux exercices sont complémentaires et font ensemble une culture.

---

démontré par leur pratique et en font comprendre la méthode et le but. Il ne serait pas excessif de dire que dans l'enseignement littéraire que beaucoup d'entre eux sont venus donner, en divers pays, l'explication des textes français a été pour les étrangers, professeurs et étudiants, la partie la plus neuve, la plus originale, et, au sentiment général, la plus féconde.

On peut voir, dans le livre excellent de M. B. W. Brown (*How the French boy learns to write*, Cambridge, 1915, ch. v), comment un professeur américain, qui a visité nos lycées, a jugé cet effort de notre pédagogie.

LIGUGÉ (Vienne). — Imprimerie E. AUBIN.

www.ingramcontent.com/pod-product-compliance
Ingram Content Group UK Ltd.
Pitfield, Milton Keynes, MK11 3LW, UK
UKHW022134260726
13993UKWH00003B/1421

9 782329 200989